JN271095

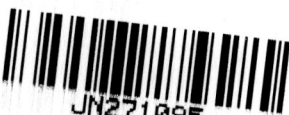

結婚のずっと前

contents

はじめに

私は、シカゴ、ニューヨーク、北京、東京に住んだ経験があります。いろんな業種の沢山の友人ができました。そんな生活の中、国や文化が違うひとたちでも『結婚について悩んでいること』が案外同じであると気がついたのです。

そんな誰もが悩む、普遍的で、でも意外に知らないことや、知っておくといいだろうなぁと思ったことをTwitterで、たまにつぶやいていたところ、非常に多くの反応がありました。
中でも嬉しかったのが、『小さなヒントなのに、衝撃的に幸せになれた』という返事。

この本が、結婚を考えている人や、すでに結婚してる人の何かポジティブな行動の（きっかけ）になれれば、とても嬉しいです。

そして衝撃的に幸せになったらTwitterで教えてくださいね　→　@sakanoue

世界中のカップルが幸せになりますように。

坂之上洋子

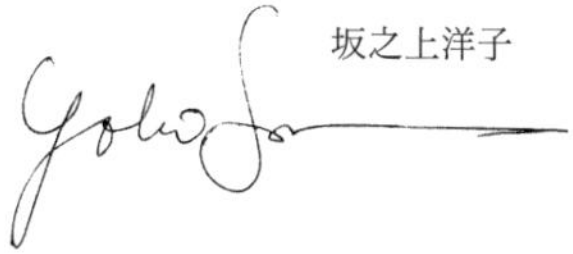

（縁）がなさそうなところに
無理していかないほうがいい

今は信じられないかもしれないけど

本当の運命の人は
いつも
ひょっこり
後からやってくるもんなんだ

本当に自分にぴったりくる相手に
出会うには

違うのかなと思う人と
ちゃんと別れなくちゃいけない

どんなにひとりが寂しくても
ちゃんと別れる

だって本当の（縁）は
中途半端な人のとこに
なかなかやってこないから

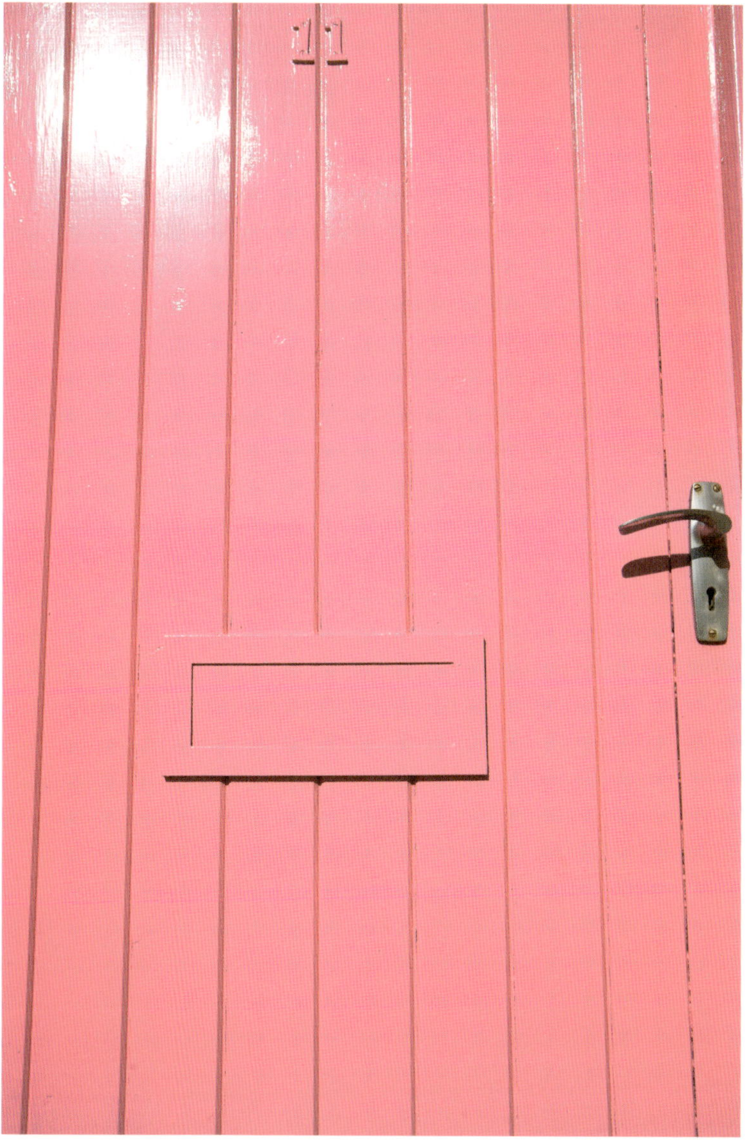
11

凛とひとりになれる

って

強さ

その強さに

ひとは

惹かれるんだと思う

縁

別れた人のことを

絶対悪く言っちゃいけない

あたらしい（縁）は

悪口が

好きじゃないからね

自分のことも『ダメだ』って言わないこと

自分は『ダメだ』って主張してる人に
他人が『そんなことはないよ』と言ってあげるの
実はとっても疲れるから

あたらしい（縁）も逃げてしまう

誰でも落ちこむよ
幸せな人とそうでない人の違いは
立ち直る方法を知ってるかどうかだけ

凹んでる時
一番効果的なのは
心拍数を上げること
科学的にもそう言われている

例えば　20分の
早歩き

何も考えないで
ひたすら歩く

嫌なことは
案外簡単に
後ろの道においてこれる

こころが寂しくなったり
辛くなったりした時は
ちゃんとしたものを
食べること

まず　自分のからだにやさしくしてあげる

そうしたら　弱っていた心がちいさい声で
「ありがと」って言うのがきっと　聞こえる

辛くてしょうがない時は

ひざを抱えてじっとしてたらいい

ウサギでもカエルでも（高く飛ぼう）とする前に

まず　一回低くかがまないといけないでしょ？

かがめばかがむほど　きっと高く飛べる

凹んだ時

何か言われてカチンとくるのは、それが自分の弱い部分だから

弱い部分は
固く強くするんじゃなくて
やわらかくしよう

やわらかければ
あたっても痛くないでしょ？

どうしたらいいかわからず悩む時には
自分で色々考えず
友人の意見だけに頼らず
本をたくさん読むといいよ
同じことで悩んでいた人に
必ず出会えるから

その人たちが
もがいて苦しんで出した答えや考え方に
目から鱗《うろこ》が落ちる瞬間がきっとある

その時なにかが変わるんだ

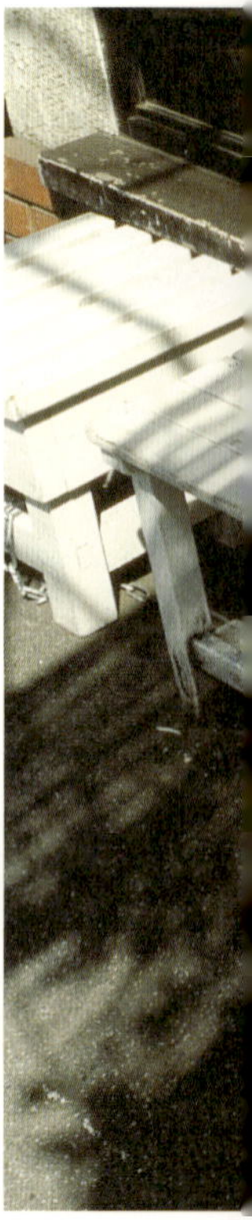

3e
Chez Lui
4e

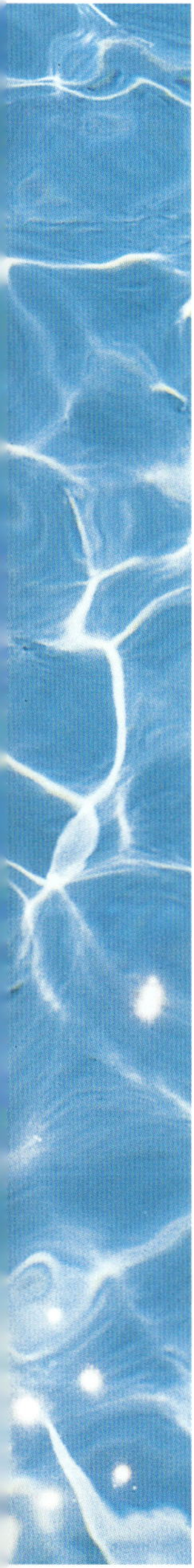

辛い時って、実はすごく貴重

一番色んな事を吸収してる

きっと心が（スポンジみたいにふわふわな）状態なんだよね

いつもいつも

自分の凹んだ部分を
他人からの愛で
埋めてもらおうとしてたら

どんなにやさしい人でも
やがて疲労してしまう

凹んだ部分は自分で
（まっすぐ）
に
直そう

絶対にできる

人間も動物だから
習性がある

例えば

（幸せそうな人のそばにいたい）とか
（明るい話し方をする人のそばにいると安心する）とか

だから
自分がどんなに不幸だと感じていても

それを言葉にしない方がいい

人の話を
真剣に
一生懸命
聞いてあげなさい

人の力を
心の底から
信じてあげなさい

単純そうだけどなかなかできない

あなたの一番仲の良い友人３人はどんな人？
彼らはあなたととても似ているはず

不満を愚痴るばかりの人たちなら
あなたもたぶんそんな人だし
前向きな人たちならあなたもきっと前向きなはず

良い相手に出会うには
良い友人をつくること

いい人の回りには
いい人がいるんだ

一人でも前に進もうという志ある人は
文句や愚痴しか言えないような人たちとは
決して
つきあわないからね

Hôtels
Concorde
LES GRANDS HÔTELS
DE TRADITION

まわり道をたくさんしなさい

あなたが尊敬する素敵な人は

何かを簡単に

やり遂げたわけじゃないでしょう？

どういう人と
最後まで一緒にいたいか
考えたことある？

相手が
自分以外の人にどう接しているか
特に
弱い立場の人にどう接しているか

ちゃんとみるとよくわかるよ

いい男は　肩書きにおんぶしていない

ポジティブでものおじせず　常識にとらわれず

でも礼儀正しい

いい女は　色気とか可愛気にたよっていない
ポジティブでものおじせず　常識にとらわれず
でも礼儀正しい

つきあう相手

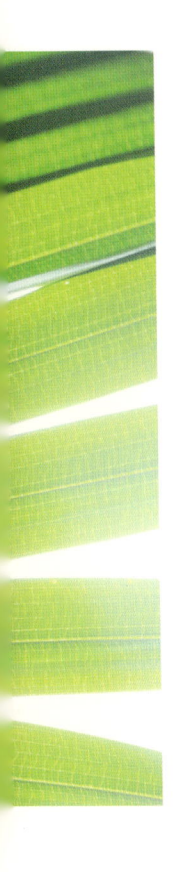

本物の大人は
どんな環境で育ったとしても
それにちゃんと折り合いをつけている

自分が間違っていたと気がついた時に、

素直にあやまることができる男は強い

相手が間違っていると思った時でも、

笑って許してあげられる女は強い

根っから明るい人がいい

これ案外　重要

家柄とかお金とか肩書きなんか
絶対に信じちゃいけない

who you are　だけ

what you have　は
全然
あてにならない

人を好きになると（孤独）になる
好きになればなるほど（不安）になる

こんなに近くなりたいのに
近くなろうとすればするほど
人は
最終的に（ひとり）なのだと身につまされる

そんなことを
ひりひりと感じることができるのが
恋愛なんだ

だから、あせんなくていいよ

彼が不機嫌だったら
根掘り葉掘り不機嫌の理由を突き詰めない
黙って（そっとしておいてあげて）
男の人は自分で、ひとりで考えたい時があるんだから
ほおっておけばいいんだ

彼女が不機嫌だったら
根掘り葉掘り不機嫌の理由を突き詰めること
黙って（ほおっておいてはいけない）
女の人は話しながら考えたい時があるんだから
ちゃんと聞いてあげるといい

決してこうしたらいいと答えを出しちゃいけない
聞いてあげるだけでいい

相手に文句を言いたい時は

まず先に（あなたはどういう結果が欲しいのか）

ちゃんと考えること

文句を言う目的は相手を責めること？

ふたりで深海に沈むようにボロボロになりたい？

自分たちがどこに行き着きたいのか

ちゃんと考えて喧嘩しなさい

何か良いことをしても
相手からみたら
ありがた迷惑かもしれない

だから何かするときには
これは（自分がしたいからしてるんだ）
って
ちゃんと自分で
腑《ふ》に落ちてないといけない

決して
ありがとうを期待して
何かをしちゃいけない

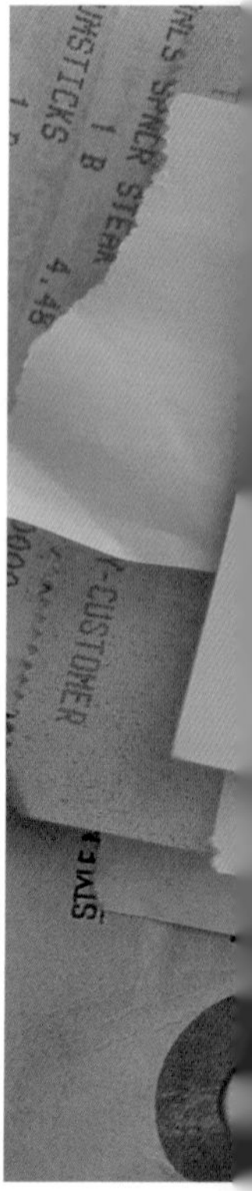

愛している人の過去を嫉妬する人がいるけど
愛している人の楽しかった想い出を
一緒に共有する方が
100倍　楽しい

あなたは愛する人の過去を
一緒に語ることができる権利を得た
特別な人になれたんだから

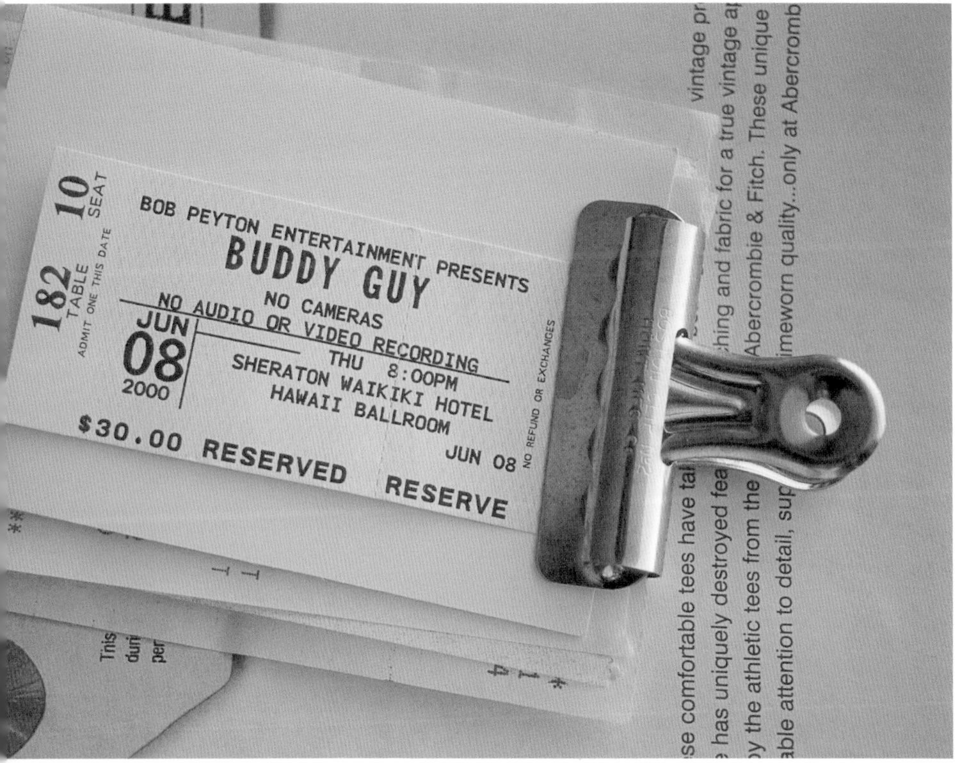
182
TABLE
ADMIT ONE THIS DATE
10
SEAT
BOB PEYTON ENTERTAINMENT PRESENTS
BUDDY GUY
NO CAMERAS
NO AUDIO OR VIDEO RECORDING
JUN
08
2000
THU 8:00PM
SHERATON WAIKIKI HOTEL
HAWAII BALLROOM
$30.00 RESERVED
JUN 08
RESERVE
NO REFUND OR EXCHANGES

養子って他人じゃん　と思うでしょ
でも結婚相手も他人じゃない？
他人でも家族になれるんだ

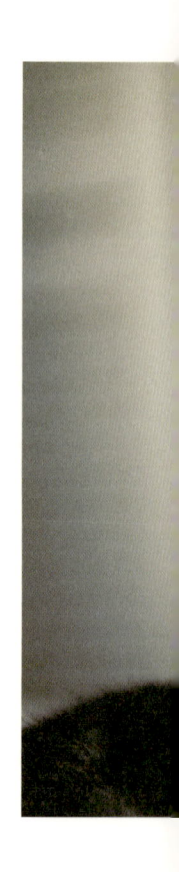

生きていると　愛は増えるのよ

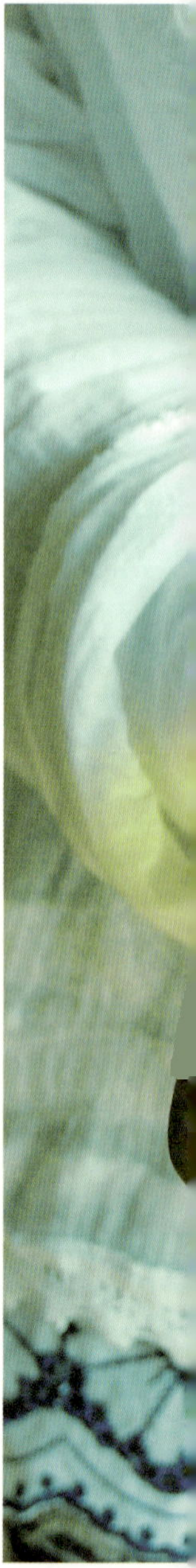

結婚する前に
想像してみて

相手がもし明日
事故にあって
動けなくなったとしたら

仕事もなくなって
あなたがひとりで
病院代も生活費も
稼がないといけないとしたら

その上
動けなくて精神的に
ダメージをうけている相手が
ひどい言葉を投げかけて
あなたを傷つけるとしたら

それでも

あなたは相手の額《ひたい》に手をおいて

だいじょうぶ

ずっとそばにいるから

って言える？

それが

結婚する

ってことだよ

ふたりでいて
時間がたつと
感謝していることを
言葉にしなくなる

些細なことも
言葉に出して
お互いを褒《ほ》めあうこと
そうすれば
毎日が全く違う景色になる

SPICE ISLANDS

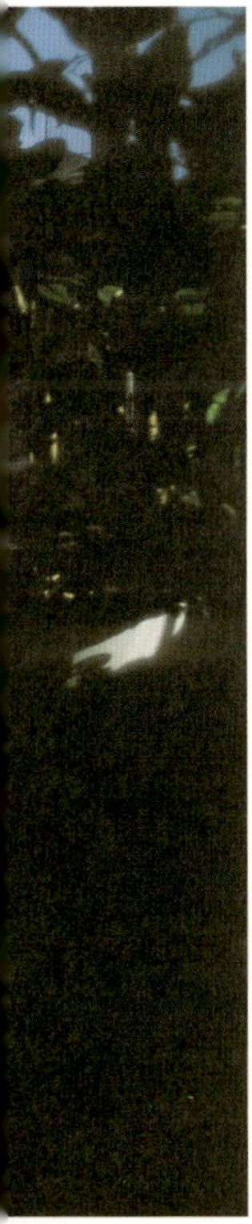

世界中の

20年たっても仲の良い

カップルの秘密

彼らは毎日　合計で1時間くらいは話をしている

例えば朝20分　夜40分

毎日が無理なら週末に補う

彼らは

たわいない話をちゃんとすることで

ビミョウに開きそうになる隙《すき》間《ま》を

ちゃんと

いつも調整してる

相手の親や兄弟の悪口を決して言わないこと
相手が言っても聞き流すこと
相手はね　何を言ってもいいの
自分の親や兄弟なんだから
でも　あなたが一緒になって言っちゃいけない

ふたりで協力して

ちゃんと働く

ちゃんと子育てする

そして　ちゃんと自分の好きなこともやる

全部なんて絶対無理っていう人は

自分でそう言ってふたりの可能性に

最初からフタを閉めてるだけなんだ

思い描くことは　なんでもできるんだよ

自分の選んだ一番好きな人を箱にいれちゃいけない

箱にいれてしまうと
人は面白くなくなってしまう

相手がいろんなことをして外で刺激をうけてくるから
いつまで話していても飽きないんだよ

いつも　いいことばかりじゃないよね？
でも闇に落ちると
なんにも　みえなくなるでしょ？

だから
相手が落ちそうになったら
二人で落ちちゃいけない

落ちるなら一人で落ちてもらう

私はここで待ってるから
ここに上がってきて
自分の力で上がってきてって
言うのよ

夫婦は絶対に（夫婦別会計）にしちゃいけない
後になって関係が壊れやすいんだ

だって　そもそも夫婦別会計なんて
例えば会社が合弁する前に財務諸表を
みせあわないのと同じでしょ？

将来的にどうお金を使うかの計画や
話し合いがなくて
目をつむったまま一緒になるなんて
そんな会社に未来はないでしょ？

誰かが亡くなったら　思い出すことって　お金とか残した功績とかじゃない

一緒に

笑ったり　がんばったり　悩んだり

そういう（共有した時間）だけが残るんだと思う

相手がすごく怒っているとき
ひと呼吸しよう
もしかしたら
あなたの愛が足りないのかもしれないからね

みんな　いいことばかり　あるわけじゃない
中くらいのことをしようとしたら
中くらいの壁ができ
大きなことをしようと思うと
必ず大きな
壁が立ちはだかる

常識や人の意見なんて
カンタンに変わるんだから
自分を信じるしかないよ

失敗したり
間違えたり
正しくないとわかっても
気持ちが止められなかったり
まわり道したり

でも
その時々で
それでも誠実であろうと
もがいているのが
大事なんだと思う

ゆるしたことは
忘れてしまうのに

ゆるせなかったことは
いつまでも
心に残って
時々刺さるように
じくじくと痛む

ゆるそう

弱い相手も
弱い自分も

だいじょうぶ

だいじょうぶ

ちゃんと幸せになれる

絶対に幸せになれる

だいじょうぶだよ

文

坂之上洋子（さかのうえ・ようこ）

ブランド経営コンサルタント。
シカゴ、ニューヨーク、北京と15年以上の海外生活後、東京へ。
米国でデザイナーとして数々の賞を受賞。米国のコンサルティング会社の副社長を経て独立。国の戦略アドバイザー、多数の企業やNPO戦略まで多方面で活動中。
2007年、「Newsweek」誌「世界が認めた日本人女性100人」の一人に選ばれる。大学での講演会の評価が高く大学生の間でも人気。
著書として『犬も歩けば英語にあたる』（英治出版）がある。
中国系アメリカ人で応用数学者の夫と多国籍の娘との3人暮らし。
Blog……http://blog.sakanoue.com/
Twitter……@sakanoue

写真

野寺治孝（のでら・はるたか）

1958年千葉県浦安市生まれ。写真家。
海や日常風景の周りに漂う雰囲気、空気感や自然光を生かした撮影に定評があり、多くのファンを持つ。
松任谷由実のコンサート公式パンフやCDジャケット、丸の内カレンダー（三菱地所・伊東屋）の撮影も手がける。
その他、雑誌、写真展、講演など多数。
写真集として『TOKYO BAY』（河出書房新社）
『いつか、晴れる日』（詩・石井ゆかり、ピエ・ブックス）
『すべての空の下で』（PHP研究所）
『旅写』（玄光社）他がある。
公式サイト……http://www.nodera.jp

装丁

ヤマシタツトム

結《けっ》婚《こん》のずっと前《まえ》

2011年10月20日　初版発行
2022年 2 月11日　15版発行

文　／坂之上洋子

写真　／野寺治孝

発行所　／株式会社二見書房
東京都千代田区神田三崎町2-18-11
電話　03-3515-2311（営業）
　　　03-3515-2313（編集）
振替　00170-4-2639

印刷・製本　／図書印刷株式会社

乱丁・落丁本はお取り替えいたします。
定価はカバーに表示してあります。

© Yoko Sakanoue / Harutaka Nodera 2011 , Printed In Japan.
ISBN978-4-576-11102-5
https://www.futami.co.jp